COPIES

ET ESQUISSES

PAR

M. ALEXANDRE COLIN

VENTE

HOTEL DROUOT, SALLE N° 8

Le Jeudi 24 Décembre 1874

EXPOSITIONS

PARTICULIÈRE	PUBLIQUE
Le Mardi 22 Décembre 1874	Le Mercredi 23 Décembre 1874

DE 1 HEURE A 5 HEURES

Me BOUSSATON	**M. HARO** ✳
COMMISSAIRE - PRISEUR	PEINTRE - EXPERT
Rue de la Victoire, 30	Rue Visconti, 14

IMPRIMERIE J. CLAYE
RUE SAINT-BENOIT 7
PARIS

COPIES

ET ESQUISSES

PAR

M. Alexandre COLIN

D'APRÈS LES TABLEAUX

DES MUSÉES

DE MADRID, FLORENCE, ROME, DRESDE, MUNICH

LONDRES, ANVERS, AMSTERDAM ET PARIS

ET

QUELQUES OBJETS D'ART

PROVENANT DE SON ATELIER

VENTE

HOTEL DROUOT, SALLE Nº 8

Le Jeudi 24 Décembre 1874

A 2 HEURES 1/2 PRÉCISES

EXPOSITIONS

PARTICULIÈRE	PUBLIQUE
Le Mardi 22 Décembre 1874	Le Mercredi 23 Décembre 1874

DE 1 HEURE A 5 HEURES

Mᵉ **BOUSSATON**	**M. HARO** ✳
COMMISSAIRE-PRISEUR	PEINTRE-EXPERT
Rue de la Victoire, 30	Rue Visconti, 14

CE CATALOGUE SE DISTRIBUE A PARIS

CHEZ

Mr BOUSSATON	M. HARO
COMMISSAIRE-PRISEUR	PEINTRE-EXPERT
	CHEVALIER DE LA LÉGION D'HONNEUR
39, rue de la Victoire.	11, rue Visconti, et rue Bonaparte, 20

CONDITIONS DE LA VENTE

Elle sera faite au comptant.

Les acquéreurs payeront *cinq pour cent* en sus des adjudications.

On n'a certainement pas oublié la collection de 150 tableaux, exposés il y a quelques années par un peintre de beaucoup de mérite, M. Alexandre Colin, dans la salle du boulevard des Italiens. C'étaient des copies exécutées avec une extrême fidélité d'après les œuvres des grands maîtres, conservées dans les musées et dans les principales collections de l'Europe. Ces peintures furent vendues à l'hôtel Drouot, où elles obtinrent un véritable succès. M. Colin avait fait pour nous le voyage de Rome. de Florence, de Madrid, de Dresden, de Munich. de Londres. Les amateurs et les artistes, les gens du monde aussi qui ont voyagé furent heureux de retrouver et de s'approprier des images exactes de leurs tableaux préférés. M. Colin, encouragé par ce résultat, est retourné en Italie, en Allemagne, en Hollande, et il a recueilli dans ces divers pays une nouvelle collection de copies, qu'il va soumettre à l'appréciation du public artiste. Il a choisi avec le tact le plus sûr, le goût le plus délicat et le plus exercé, en homme amoureux de son art et dont de fortes études et une longue pratique ont développé les dispositions naturelles, les œuvres les plus dignes d'exciter l'admiration et de satisfaire les plus difficiles. Sous le rapport de l'exécution. la réputation de M. Colin est faite depuis long-temps. Il est sensible et accessible à toutes les beautés et son talent se plie aux manières les plus différentes. Il copie avec un égal bonheur les maîtres les plus divers : aussi bien Raphaël que Velasquez. Titien ou Rembrandt que Reynolds ou Watteau. Cette puissance d'assimilation est un don très-rare que M. Colin possède. à notre avis, à un plus haut degré qu'aucun des peintres contemporains. On en aura une nouvelle preuve dans la collection de 120 toiles qui sera vendue à l'hôtel Drouot, le **24** décembre. avec exposition privée et publique les deux jours précédents.

Nous avons particulièrement remarqué dans la série : la *Création de l'homme* et plusieurs fragments du *Jugement dernier*, de Michel-Ange ; le *Saint Georges*. de Mantegna, à Venise ; l'*Assomption*, du Titien, dans la même ville, et son *Ariane abandonnée* de Madrid ; *la Vierge, Saint François, l'Enfant et Sainte Marguerite*, de Paul Véronèse ; le *Miracle de 'saint Marc*, du Tintoret ; le *Mauvais Riche*, de Bonifazio ; l'*Anneau du Doge*, de Paris Bordone à Venise ; le *Saint Jérôme*, de Corrége à Parme. Dans l'école flamande : la *Chasse au sanglier*, de Rubens à Marseille ; sa *Chasse au lion*, son *Croc-en-jambes* à Munich, son *Élévation en croix* à Anvers, le *Portrait du marquis de Baignoles*, de Van Dyck, à Gênes, et deux autres portraits du musée de Munich. Dans l'école hollandaise : la *Ronde de nuit* et les *Syndics des drapiers*, de Rembrandt; le *Repas de la garde civique*, de Van der Helst. Dans l'école espagnole : le *Comte duc d'Olivarès*, de Velasquez; le *Saint Antoine de Padoue*, de Ribeira; la *Duchesse d'Albe*, de Goya. Dans l'école allemande : *une Vierge*, de Van Eyck, à Munich; le *Portrait d'un seigneur*, d'Holbein, à Dresden. Dans l'école anglaise : les deux *Paysages* de Constable, au musée du Louvre. Enfin dans l'école française : deux tableaux d'après Watteau, des *Enfants* et une *Vénus*, d'après Boucher; le *Massacre de Scio* et la *Barque du Dante*, d'après Delacroix.

Nous recommandons vivement ces précieux ouvrages aux amateurs de peinture et à tous ceux qui résistent encore à l'envahissement du faux luxe et des colifichets. Il n'est donné qu'à un petit nombre de voir et surtout de posséder des chefs-d'œuvre dispersés aux quatre coins du monde et dont les meilleures gravures ne donnent qu'une incomplète idée. Il nous semble qu'une copie fidèle d'un tableau de maître est un des plus nobles ornements que l'homme de goût puisse placer dans son cabinet ou dans son salon.

CHARLES CLÉMENT.

TABLEAUX

DÉSIGNATION

TABLEAUX

ALONZO CANO (*D'après*)

1. — La Vierge et l'Enfant (Madrid).

T. — H.. $0^m,27$. L., $0^m,17$.

ANDRÉ DEL SARTE (*D'après*)

2. — Une Fresque du couvent de l'Annunziata (Florence).

T. — H., $0^m,38$. L., $0^m,29$.

3. — Un Saint et un Enfant (Florence).

T. — H., $0^m,29$. L., $0^m,17$.

BELLIN (JEAN) (*D'après*)

4. — Un Groupe d'anges (Venise).

T. — H., $0^m,24$. L., $0^m,26$.

BONIFAZIO (*D'après*)

5. — Le Mauvais Riche (Venise).

T. — H., 0ᵐ,29. L., 0ᵐ,39.

6. — Groupe tiré d'un Moïse sauvé (Milan).

T. — H., 0ᵐ,36. L., 0ᵐ,36.

7. — Un Jeune Homme du xvɪᵉ siècle (Venise).

T. — H., 0ᵐ,27. L., 0ᵐ,15.

BORDONE (Paris) (*D'après*)

8. — L'Anneau du doge (Venise).

T. — H., 0ᵐ,48. L., 0ᵐ,39.

9. — Saint Sébastien et un Évêque (Venise).

T. — H., 0ᵐ,31. L., 0ᵐ,24.

10. — Vertumne et Pomone (Louvre-Paris).

T. — H., 0ᵐ,32. L., 0ᵐ,32.

BOUCHER (*D'après*)

11. — Deux panneaux d'Enfants (Paris).

H., 0ᵐ,38. L., 0ᵐ,46.

12. — Renaud et Armide (Paris).

T. — H., 0m,32. L., 0ᵐ,41.

13. — Plafond. Enfants.

T. — H., 0ᵐ,46. L., 0ᵐ,56.

14. — Une Vénus d'après un dessin (Paris).

T. — H., 0ᵐ,46. L., 0ᵐ,32 1/2.

15. — La Mort d'Adonis (Paris).

T. — H., 0ᵐ,35 1/2. L., 0ᵐ,27.

16. — Hercule et Omphale (Paris).

T. — H., 0ᵐ,35 1/2. L., 0ᵐ,27.

CORRÉGE (*D'après le*)

17. — Christ; Ecce homo (Londres).

T. — H., 0ᵐ,97. L., 0ᵐ,78.

18. — La Vierge et l'Enfant (Londres).

T. — H., 0ᵐ,30. L., 0ᵐ,24.

CORRÉGE (*D'après le*)

19. — La Vierge, saint Joseph, l'Enfant Jésus et saint François (Florence).

T. — H., 0^m,30. L.. 0^m,24.

20. — Saint Jérôme (Parme).

T. — H., 0^m,44. L., 0^m,32.

21. — Une Tête de sainte (Gênes).

T. — H., 0^m,41. L., 0^m,35.

CALABRESE (*D'après le*)

22. — Saint Paul et saint Antoine. ermites (Paris).

T. — H., 0^m,40. L., 0^m,30.

CARRACHE (ANNIBAL) (*D'après*)

23. — La Madeleine (Paris).

T. — H., 0^m,35. L.. 0^m, 27.

DELACROIX (EUGÈNE) (*D'après*)

24. — Fragment (Paris).

C. — H., 0^m,16. L.. 0^m,22.

DELACROIX (Eugène) (*D'après*)

25. — La Barque de Dante (Paris).

B. — H., 0^m,24. L., 0^m,32 1/2.

26. — Massacre de Chio (Paris).

T. — H., 0^m,61. L., 0^m,51.

27. — Fragment du même (Paris).

B. — H., 0m,21. L., 0^m,11.

DANDRÉ BARDON (*D'après*)

28. — Un Christ en croix (Marseille).

T. — H., 0^m,40. L., 0^m,29.

FRAGONARD (*D'après*)

29. — La Toilette de Vénus (Cabinet de M. Marcille).

T. — H., 0^m,59. L., 0^m,41.

29 *bis*. — Le Chiffre d'amour.

GOYA (*D'après*)

30. — Une Dame que l'on pense être la duchesse d'Albe,
en costume de maya andalouse (Madrid).

T. — H., 0^m,17. L., 0^m,31.

GIORGIONE (*D'après le*)

31. — Portrait dit de la Mère du Titien (Venise).

T. — H., 0^m,32. L., 0^m,26.

32. — Portrait d'un jeune homme (Venise).

T. — H., 0^m,39. L., 0^m,31.

GUIDO RENI (*D'après*)

33. — Saint François (Paris).

T. — H., 0^m,41. L., 0^m,22 1/2.

HOLBEIN (*D'après*)

34. — Portrait d'Érasme (Paris).

C. — H., 0^m,36. L., 0^m,26.

35. — Portrait d'un seigneur du xvie siècle (Dresde).

B. — H., 0^m,32 1/2. L., 0^m,24 1/2.

ISABEY (Eugène) (*D'après*)

36. — Un Village au bord de la mer (Paris).

T. — H., 0^m,38. L., 0^m,46.

CONSTABLE (John) (*D'après*)

37. — Un Paysage (Paris).

T. — H., 0^m,52. L., 0^m,43.

38. — Une Marine (Paris).

T. — H., 0^m,32. L., 0^m,41 1/2.

LAWRENCE (Sir Thomas) (*D'après*)

39. — Portrait de Kemble, rôle d'Hamlet (Londres).

C. — H., 0^m,47. L., 0^m,36.

MICHEL-ANGE (*D'après*)

40. — Fragment d'une voussure (Rome).

T. — H., 0^m,27. L. 0^m,24.

41. — La Création de l'homme (Rome).

T. — H., 0^m,19. L., 0^m,34.

42. — Fragment du Jugement dernier (Rome).

T. — H., 0^m,30. L., 0^m,46.

43. — Autre fragment du Jugement dernier (Rome).

T. — H., 0^m,34. L., 0^m,24.

MURILLO (*D'après*)

44. — Une Conception (Madrid).

T. — H., 0m,54. L., 0m,31 1/2.

45. — Un Christ (Madrid).

T. — H., 0m,35. L., 0m,25 1/2.

MANTEGNA (*D'après*)

46. — Saint Georges (Venise).

T. — H., 0m,39. L., 0m,22.

RUYSDAEL (*D'après*)

47. — Le Buisson (Paris).

T. — H., 0m,32. L., 0m,41.

RUBENS (*D'après*)

48. — Fragment des Aumônes de saint Bavon (Londres).

C. — H., 0m,24 1/2. L., 0m,32.

49. — Défaite de Sennachérib (grisaille).

B. — H., 0m,24. L., 0m,31.

RUBENS (*D'après*)

50. — Un Tournoi (Paris).

T. — H., 0^m,38. L., 0^m,52.

51. — Bethsabée au bain (Dresde).

B. — H., 0^m,35. L., 0^m,25.

52. — Une Chasse au lion (Munich).

T. — H., 0^m,27. L., 0^m,37.

53. — Une Chasse au sanglier (Marseille).

T. — H., 0^m,40. L., 0^m,54.

54. — L'Élévation en croix (Anvers).

C. — H., 0^m,33. L., 0^m,27.

55. — Christ mort (Anvers).

C. — H., 0^m,33. L., 0^m,26 1/2.

56. — Descente de croix (Saint-Omer).

T. — H., 2^m,15. L., 1^m,68.

57. — Le Croc-en-jambe (Munich).

B. — H., 0^m,35. L., 0^m,27.

58. — Portrait de la femme de Rubens (Munich).

T. — H. 0^m,35. L. 0^m,26.

59. — Autre Portrait de la femme de Rubens (Munich).

T. — H., 0^m,25. L., 0^m,17 1/2.

REYNOLDS (*D'après*)

60. — Trois têtes d'enfants (Londres).

T. — H., 0m,36. L., 0m,46.

REMBRANDT (*D'après*)

61. — La Ronde de nuit (Amsterdam).

B. — H. 0m,26. L. 0m,33.

62. — Les Syndics des drapiers (Amsterdam).

B. — H., 0m,30. L., 0m,38.

63. — La Leçon d'anatomie (La Haye).

T. — H., 0m,22. L., 0m,30.

64. — Portrait d'un Marchand juif (Londres).

T. — H., 0m,40. L., 0m,32.

65. — Portrait d'un Vieillard.

T. — H., 0m,38. L., 0m,28.

66. — Tête de Christ (Paris).

B. — H., 0m,41. L., 0m,33.

ROBERT (LÉOPOLD) (*D'après*)

67. — Fragment des Moissonneurs (Paris).

T. — H. 0^m,35. L., 0^m,42

68. — Autre fragment (Paris).

T. — H., 0^m,32. L., 0^m,24.

RIBEIRA (*D'après*)

69. — Un Prêtre de Bacchus (Madrid).

T. — H., 0^m,24. L., 0^m,20 1/2.

70. — Un saint Louis de Gonzague (Madrid).

T. — H., 0^m,35. L., 0^m,28.

RAIBOLINI (*D'après*)

71. — Un Évêque (Venise).

T. — H., 0^m,30. L., 0^m,17.

TERBURG (*D'après*)

72. — Le Joueur de luth (Paris).

B. — H., 0^m,52. L., 0^m,43.

TITIEN (*D'après le*)

73. — Portrait d'un chevalier (Munich).

T. — H., 0^m,40. L., 0^m,33.

74. — L'Assomption (Venise).

T. — H., 0^m,70. L., 0^m,45.

75. — Ariane abandonnée; bacchanale (Madrid).

B. — H., 0^m,32. L., 0^m,40.

76. — Portrait d'un jeune homme (Paris).

T. — H., 0^m,35. L., 0^m,26.

76 *bis.* — Une Offrande à la Fécondité (Madrid).

T. — H., 0^m,34. L., 0^m,28.

TINTORET (*D'après le*)

77. — Deux Sénateurs vénitiens (Venise).

T. — H., 0^m,31. L., 0^m,22.

78. — Le Miracle de saint Marc (Venise).

T. — H., 0^m,30. L., 0^m,50.

79. — La Vierge montant au temple (Venise).

T. — H., 0^m,49. L., 0^m,38.

80. — Adam et Ève (Venise).

T. — H., 0^m,21. L., 0^m,30.

VELASQUEZ (*D'après*)

81. — Son Portrait (Florence).

T. — H., 0^m,32 1/2. L., 0^m,25.

82. — Le Comte duc d'Olivarez (Madrid).

T. — H., 0^m,41. L., 0^m 33.

83. — Portrait d'une dame âgée (Madrid).

T. — H., 0^m,35. L., 0^m,27.

VACCARO (*D'après*)

84. — Sainte Agathe (Madrid).

T. — H., 0^m,34. L., 0^m,25.

VERNET (Horace) (*D'après*)

85. — Un Nègre (Paris).

B. — H., 0^m,20. L., 0^m,17.

VINCI (Léonard de) (*D'après*)

86. — L'Enfant Jésus (de la Vierge au Rocher) (Paris).

C. — H., 0^m,41. L., 0^m,30.

VAN DER NEER (*D'après*)

87. — Marine au clair de lune (Londres).

T. — H., 0^m,25 1/2. L., 0^m,35 1/2.

VAN DER HELST (*D'après*)

88. — Le Repas de la garde civique (Amsterdam).

T. — H., 0^m,41. L., 0^m,81.

VAN EYCK (*D'après*)

89. — Portrait de femme (Venise).

T. — H., 0^m,36. L., 0^m,27.

90. — Portrait d'homme (Venise).

T. — H., 0^m,31. L., 0^m,20.

91. — Une Vierge (Munich).

T. — H., 0^m,36. L., 0^m,16.

VAN DYCK (*D'après*)

92. — Enfant d'après un dessin (Paris).

B. — H., 0^m,38. L., 0^m,35.

VAN DYCK (*D'après*)

93. — Suzanne et les Vieillards (Munich).

B. — H., 0^m,35. L., 0^m,27 1/2.

94. — Portrait de la fille de Charles Ier (Paris).

T. — H., 0^m,24. L., 0^m,22.

95. — Portrait d'un homme à mi-corps (Munich).

T. — H., 0^m,30. L., 0^m,21.

96. — Portrait du marquis de Brignoles (Gênes).

T. — H., 0^m,50. L., 0^m,36.

97. — Portrait d'enfant (Paris).

C. — H., 0^m,26. L., 0^m,).

98. — Son Portrait (Paris).

B. — H., 0^m,31 1/2. L., 0^m,24 1/2

99. — Portrait d'homme (Munich).

T. — H., 0^m,38. L., 0^m,23.

100. — Portrait d'un Jeune homme (Munich).

C. — H., 0^m,32. L., 0^m,24.

VÉRONÈSE (Paul) (*D'après*)

101. — Saint Marc et saint Luc (Venise).

T. — H., 0^m,24. L., 0^m,48.

VÉRONÈSE (PAUL) (*D'après*)

102. — Caïn et sa Femme (Madrid).

T. — H., 0^m,24. L., 0^m,34.

103. — La Vierge, saint François, l'Enfant et sainte Marguerite (Venise).

T. — H., 0^m,59. L., 0^m,35.

104. — Martyre de saint Sébastien (Venise).

T. — H., 0^m,35. L., 0^m,40.

105. — Le Triomphe de Mardochée (Venise).

T. — H., 0^m,45. L., 0^m,31.

WATTEAU (*D'après*)

106. — Une Esquisse d'un tableau.

C. — H., 0^m,30. L., 0^m,35.

107. — Une Esquisse d'un tableau.

C. — H., 0^m,30. L., 0^m,35.

108. — Un Portrait de femme.

B. — H., 0^m,24. L., 0^m,19.

ZURBARAN (*D'après*)

109. — L'Enfant Jésus sur la croix (Madrid).

T. — H., 0^m,17 1/2. L., 0^m,29.

MEUBLES SCULPTÉS

ET

OBJETS DIVERS

MEUBLES SCULPTÉS

ET

OBJETS DIVERS

110. — Une Crédence gothique, divisée en plusieurs panneaux sculptés, avec armes. colonnettes, fleurs de lis.

H., 1ᵐ,54. L., 1ᵐ,08.

111. — Un Bahut en bois de chêne sculpté, avec sujet, panneaux sculptés, avec armes de France et de Bretagne.

Haut., 0ᵐ,87 1/2. Long., 1ᵐ,47 1/2. Larg., 0ᵐ,63 1/2.

112. — Une Crosse de fusil de mamelouk avec incrustation d'ivoire.

Provenant de la vente Girodet.

113. — Une Hallebarde du xvıᵉ siècle.

114. — Deux Casse-tête provenant des îles Sandwich.

Ayant appartenu à M. Cabris, roi des îles Sandwich.

115. — Un Fusil à mèche, époque *Charles IX*, avec ornements en ivoire.

116. — Une Épée ancienne, temps des croisades.

117. — Un saint François d'Assise.

> Sculpture en bois peint avec dorure et gravure (Alonzo Cano) ; les mains manquent.

118. — Fragment en marbre d'une sculpture (XIIIᵉ siècle) (La Vierge et l'Enfant Jésus), peint par parties et doré.

> Les têtes manquent.

119. — Un Fusil dalmate.

> Crosse en ivoire, avec incrustation en nacre.

120. — Une Guisarme.

PARIS. — J. CLAYE, IMPRIMEUR, 7, RUE SAINT-BENOIT. — [1981]

9 782329 546124